담아 두고 싶어서

담아 두고 싶어서

찍은 날 | 2017년 6월 1일
펴낸 날 | 2017년 6월 8일

지은이 | 이광호
펴낸이 | 최봉석
디자인 | 남지연, 정일기
펴낸곳 | 도서출판 해동
출판 등록 | 제05-01-0350호
주소 | 광주광역시 동구 문화전당로 23(남동)
전화 | (062)233-0803
팩스 | (062)225-6792
이메일 | h-d7410@hanmail.net

값 10,000원

ISBN 979-11-5573-076-8 03810

이광호 제2시집

담아 두고 싶어서

담아두고 싶어서
정든 집 돌담 둘러
대문 달지 않고
하얗도록 기다렸소

도서출판 해동

'말하다', '글쓰다'라는 두 문장을 되뇌어 보니 말하고 글을 쓰는 일은 행동하고 실천하는 삶의 한 부분이 아닐까?

섬 마을에 태어나 군입대한 삼년 동안을 제외하곤 고향 떠난 적 없이 작은 농어부로 살아오면서 깊은 산속 옹달샘 물 떠마시듯 새벽마다 떠오르는 생각들을 조금씩 기록하곤 하였더니 비록 서툴고 어설프지만 어떤 모양을 갖춘 말과 글이 모이게 되어 또 한 권의 책으로 감히 바깥 세상으로 내보냅니다.

언젠가부터 나이 들어가면서 내 생애의 막바지에 이를 쯤 책 한 권 꼭 남기리라 마음먹었는데 이제 그 약속 지키지 못하고 그 욕심 누르지 못하여 그만 두 번째 부끄러운 알몸 모습을 내보이고 말았습니다.

이 책이 만들어 나올 때까지 애써 도와주신 몇몇 분들께 머리 숙여 고마운 말씀 올립니다.

2017년 봄 이른 새벽
일몫 **이 광 호**

차례

2부 돌 한 점 화단가에

차례

4부 태 묻은 갯마을

차례

1부

담아 두고 싶어서

담아 두고 싶어서

담아두고 싶어서 정든 집 돌담 둘러
대문을 달지 않고 하얗도록 기다렸소
모르고 왔다 간 줄을 놓지 않고 살겠소.

혼자 다 글 쓰고 가면

늙어서 못 움직여도 양로원에 가지마소
혼자서 말라져 미이라가 될지언정
평생을 거칠 것 없이 살아나온 생 아닌가

자식들 얹혀사는 부담이 된다하고
사회적 보장제도 잘되었다 하지만
죽음은 영으로 가는 마지막 파종 아닌가

거동을 할 수 없어 힘든 일 못할지라도
정신을 맑게 한 마지막 삶의 흔적
혼자 다 글 쓰고 가면 더 바랄게 없느니.

시 한수 발로 쓰려다

오늘밤 연속극보고 저녁뉴스 꼭 들어야제
전기장판 따스함에 겨울잠 깜박 들어
시 한수 발로 쓰려다 또 한주가 금방 갔네.

마음에 든 시 한수

신문에서 보았네 마음에 든 시 한수
그믐밤 짙은 어둠 향기처럼 머금었다
초승달 서녘을 열어 눈을 감고 읊었다

계간지에 실렸네 마음에 든 시 한수
책 한권을 보낼까? 고개 잘래 흔들고
낭송을 전해 주리라 소리 없이 뇌었다

떠난 다음 알았네 마음에 든 시 한수
군대 갈 때 손 흔들고 회갑 넘어 말이 없네
동녘에 떠오른 그믐달 속마음을 여미네.

한 달 하루 보름달

고달프다란 말에 달이 들어 있을까?
달아나고 싶다거나 달래줄 사람 만나길
날마다 간절히 바랜 한 달 하루 보름달.

한평생 오른 적 없는

"박근혜 내려오고 세월호 올라오라"
그럼 거기 만나는 곳 지평선 되겠네요
한평생 오른 적 없는 내리막길뿐이더라.

삼십년 흐른 다음에

올 농사 지어두면 내년 식량 된다하고
젊은이 혼인하여 갓난아기 태어나면
삼십년 흐른 다음에 나라기둥 될 텐데.

아베에게

세월이 흐를수록 지울 수 없는 억울함
아베는 알고 있었다 전쟁 그 모든 잘못
때렸음 사과해야지
무슨 말이 그리 많나
말이란 입에서 나온
귀담아둘 알이거늘
교과서 거짓말에
어떤 이 태어날런지
진실을 배우지 못한
학생들이 불쌍타
없다 한들 더 있고
있다 해도 없는 것
백년도 못된 역사
증인들이 엄연한데
일국의 수상이란 자
그대 또한 전범일세.

세수

제자리 서 있어도 그냥 가는 서쪽이라
저 들녘 흘러내린 물 수자 모음 따라
얼마를 더 갈앉아야 마음 거울 비출랑가

이른 아침 얼굴 씻고 저물녘에 마음을 닦아
세숫물 버린 만큼 저승가면 되마실터
생전에 할머니 말씀 나이 들수록 새록이네

장미꽃 해 뜰 무렵 반짝이는 이슬보석
산새들 그 이슬 먹고 하루 종일 부른 노래
해질녘 시 한수 읊어 마음세수 하였다네.

새끼

밤 울던 다듬이 소리 그치매 허전한 맘
한 어둠 둘레 속에 잠들레라 하며 서도
끊어진 정 못내 아쉬움 비비꼬아 이어라.

살아서 구름 같은 몸

이 땅 어디나 물방울 더하고 덜할 수 없다
마른 장작개비 화덕에 불 때면서
살아서 구름 같은 몸 어디로 사라지는가.

떠난 뒤 사표가 되어

봉덕사 태어나서 공무원 되었지요
어눌한 말씨 탓에 앞서지는 못했지만
웃으며 늘 항상 거기 민원실에 있더라

남들 다 퇴직하여도 이 계장은 몰랐네
제자리 서 있어도 해는 곱게 저물고
시간은 고장도 없이 흘러간다 했었지

주마등 삼십년 세월 눈물 글썽 하려니와
하고픈 것 하지 못한 응어리는 또 없었을까
이제는 본인을 위한 꿈을 하나 가꾸소서

옳단 말 닿소리 받침 히읗은 하늘이라
허튼 길 어디 한번 발 디딘 적 있었던가
떠난 뒤 사표가 되어 들먹이곤 하오리다.

낮잠 한숨 자고나니

낮잠 한숨 자고나니 사방이 어둑하네
가을비 사분사분 잠간 마실 간 댔더니
죽음도 이렇게 깜박 잠이 들면 되는가.

잘한 걸 못한 것 함께

사백억 돈을 주고 삼천억 장사 잘한
뭘 그리 복잡한 법리만 따진 다요
잘한 걸 못한 것 함께 잘못이라 부르는데.

티브이 찬반을 비춘

사 퍼센트 대통령 탄핵을 하였는데
양손에 태극기 들고 두 손 모은 촛불하나
티브이 찬반을 비춘 누가 많은 줄 모르겠네.

불면

혼자서 둘 인줄 몰랐네 아내처럼 날마다
잠은 누구일까? 온줄 모르고 왔다간
오늘밤 왜? 오지 않을까? 무얼 잘못했길래.

가만히 물러나지 못한

그믐달 대통령이 탄핵을 당했을 때
변호사 한 사람 없이 미안탄 말 한마디 없이
가만히 물러나지 못한 참 애석한 일되겠네.

시 한수 살면서 묻은

겉옷을 벗었더니 속옷에 묻은 황토
종일을 봄배추 심고 물 주느라 그랬구나
시 한수 살면서 묻은 속마음을 닦아라.

2부

돌 한 점 화단가에

돌 한 점 화단가에

화단에 꽃나무는 때마다 물을 주고
더러는 웃자란 가지 알맞게 잘랐더니
잔손간 아기 자라듯 꽃이 너무 곱구나

돌 한 점 화단가에 없는 듯 세워두고
저절로 눈비 맞아 잊은 듯 오갔더니
세월로 이끼를 덮는 네모습이 부럽구나.

화단

한그루 해님 같은 노오란 해바라기
쳐다보고 꽃을 피운 핏대 붉은 채송화
삿대질 다투는 소리 들었다는 거짓말.

해묵은 단풍나무

앞마당 한 가운데 해묵은 단풍나무
간밤에 서리 맞아 한층 붉은 가을 아침
사흘 뒤 온다는 그대 함께 보면 싶구나.

어떤 저녁놀

댕그렁 교회 종소리 저녁놀이 차분하다
산 너머 들릴 때나 하늘 가득 울릴 때나
뒤따른 흰 마음 하나 기다리는 양떼구름.

가뭄에 물 몇 번 주고

나무는 나하고는 무관하게 잘자란다
산에다 그대로둔 거목이 되었을 것을
가뭄에 물 몇 번 주고 키를 자른 큰 잘못.

소나무

배추밭 그림자진다 기계톱으로 잘라내고
도끼로 장작을 패 보일러에 군불 땠다
선 식물 말 못한 억울함 잉글잉글 타올라

온 가족 긴-겨울밤 따뜻하게 지냈지만
벤 나무 보다 심근 나무 많아 알 텐데
어린적 송기 벗겨먹던 침을 꿀꺽 삼킨다

미안하다 소나무야 네 발 밑에 밭을 일군
내 잘못이 크구나 송판 관속에 누울 몸
눈감고 뒤척거린 밤 나랑 같은 나무야.

산골 빈집 감나무

산골 빈집 감나무 지붕높이 자라서
붉은 열매 주렁주렁 서리 맞아 참 곱구나
합죽선 차륵 펼쳐든 뒷산능선 둥그런.

달아달아 밝은 달아

남산에 떠올랐던 달아달아 밝은 달아
어릴적 노래 부른 쟁반같이 둥근 달아
링속에 빨려 들어간 농구공만 못한 달아.

늦가을 산골 다랭이

늦가을 산골 다랭이 물꼬 트다 생각하니
고인 물고를 풀어 짚을 댄 새끼 꼬듯
한줄기 내려 보낸 물 폭포처럼 떠오르네.

그렇구나 가는 골

내가 사는 마을에 가는 골이 있는데
정자나무 귀엣말 그늘 밑 들어보니
이곳 쌀 먹고 사는 이 꽃상여 더 무겁더라

곰보배추 약초랑 다박 솔 밑 야생화
지천에 널려있어 벌로 보고 살았는데
제초제 뿌린 그 다음 나도 모르게 없어졌네

너무 빨리 앞서가도 몹쓸 세상 되는 걸까
그렇구나 가는 골 그냥 거기 있는데
약초랑 야생화 모두 사라지고 말았네.

남해여! 남해여!

그래서들 떠나려느냐 떠난 이들 떠나가느냐
멀리서 바라나-뵈올 그리움을 알려고 들

아 가슴 하여
탁! 터진
오오! 남해여! 남해여!

나는 왜? 좁은 마음 순수하지 못하여
바다에서 뚜욱 뚝 솟는 해 물방울을
해초나 말리려들어
풍경으론 앞 못 보아

푸른 물 굽 넘나들며 모래톱을 어우르며
그대 이마 쓰린 손톱 화투놀이 장난치듯
백파가 퉁김 질하는
섬 자랑을 몰랐어라.

그래서들 떠났을까? 떠난 이들 떠나갔을까?
지금쯤 멀리서 뵈올 그림 풍경에 살려고 들

아- 가슴 하면
툭! 터질
오오! 남해여! 남해여!

하늘 길 함부로 열어

사람의 육신이란 대기권 못 벗어난다
여태까진 그랬으나 앞으로가 문제다
하늘 길 함부로 열어 달과 별에 살겠단다.

마시지 못한 술 한 잔 먹듯

술에 취한 이튿날 술 한 잔 더 잡숫고
일에 지친 그 다음날 비 내리면 삭신 쑤신
옛날분 생각이 난다 나이 먹은 탓이랄까

예초기 회관 정원 야단치듯 풀을 베고
갈퀴처럼 누워있는 노인정 할메들아
젊은 날 일 많이 하셨으니 뒤풀이 풀 좀
모으시라

갓난아기 울음소리 끊어진 시골마을
아무리 불러 봐도 듣는 이 아무도 없어
마시지 못한 술 한 잔 먹듯 시한수를
읊는다.

다도해 사 계절을

문전에 남해바다 모래 언덕에 살면서
화단에 바위솔 해방 풍은 절로자라
봄가을 꽃도 즐기며 잎을 뜯어 먹는다오

살면서 돈벌이야 재벌까진 몰라도
다도해 사계절을 창틀에 걸어두고
무엇이 부러울 가만 젊은이가 없구나.

어쩌다 도회를 떠나

산몰랑 낮추더니 짓는 집 살짝 높여
창틀에 탁 트인 남해바다 일품이네
마무린 천천히 농사랑 시를 짓듯 하소서

맑은 숲 바람소리 산새랑 벗이 되고
창문 열면 옷깃여민 언덕배기 푸른 잔디
봄가을 야생화 향기 몸에 절로 배겠네

어쩌다 도회를 떠나 지날수록 잘됐다싶은
먼 훗날 잔주름고운 부부가 함께 앉아
해묵은 소나무 정자 초승달 꽃차 드실 이.

너울너울 저녁놀

늦가을 배추밭에 농약을 뿌렸는데
화투장 쥐락펴락 얼핏 보던 무지개랑
흰나비 노랑나비 떼 너울너울 저녁놀.

밤하늘 함께 건널목

강물 깊지 않다 탓 하지는 않겠오
흰 물살 둥근 자갈 모래톱을 어우르며
여울목 돌 징검다리 겨울 강 건너가는 곳

오른 적 한번 없는 내리막 삶이였오
타는 가뭄 실개천 멈추지를 않았고
장마철 홍수가 난들 넘친 적이 없었오

잠든 그대 시심을 깨워 마주할 순 없어도
우리 인생 은하수 여울목 아니겠오
밤하늘 함께 건널목 징검돌을 놓는데.

지평은 비밀

저- 바다 같이 너른 들녘머리 푸르고 푸른 벼
포기들을
  그 한 모퉁이에 담긴 조그맣고 조그만 초가
동네 좁은 방 안에
  퐁당 든 작은 몇 사람들이 다 심고도 남는다니

  아무리 모를 일이야 평화스런 지평은 비밀

  저 - 하늘만큼 너른 들판 너머 누렇게 일렁이는
황금물결을
  그 한 모퉁이에 잠긴 조그맣고 조그만 초가
동네 좁은 방 안에
  퐁당 든 작은 몇 사람들이 다 거두고도 부족
하다니.

3부

풋터진 하늬바람에

풋터진 하늬바람에

벼르고 또 별렀던 좋은 물때 다 놓쳤구나
해지면 잠들 거란 남해들물 마파람
풋터진 하늬바람에 투망조차 못했네.

남아서 버린 경우는

벼농사 힘껏 지어 내년식량 장만했오
풍년을 든투느라 먼지 풀풀 보리 갈고
남아서 버린 경우는 지금까지 없었오.

풍년든 손해 봤다고

오백원 하던 옥수수 값 하룻새에 반 토막 났다
놉을 사서 한꺼번에 출하할걸 그랬다고
귀농한 아들 녀석이 쓴 얼굴을 하였다

은비 맞은 아버지가 한마디 타이르니
조그맣게 가족들이 손수지은 농사란 게
속마음 예상한대로 맞은 적이 없었다

계산을 먼저하고 큰이믄 남길려면
도시 가서 살면서 장사꾼이 되어야지
풍년든 손해 봤다고 낭패라면 안된다.

올여름 계약을 못한

둘이나 올라온 욕심 모음하나 지우란 듯
첫 열매 따고나니 줄기마른 옥수수
행여나 꾹 눌러보고 고개절로 숙이네

오천 평 로타리 쳐 오만 열매 다 거두고
처서가 어제라며 월동배추 종자 넣고
올여름 계약을 못한 걱정부터 앞서네

후년에 작목을 바꿔 무엇을 심을랑가
아들아 말 계산 말고 모음하나 지우거라
욕에서 하날 지우면 옥이 되니 말이다

이왕지사 돌아와 농사꾼 되었기로
발로 쓴 저-들녘 시한 편을 읽어보아
삶이란 알 미음 먹고 옳탄 말 뜻 행하란다.

영등사리

푸른 치마 들어 올려 배꼽까지 다 드러낸
허벅살 금침 같은 키조개도 뽑아오고
일 년 중 단 한번뿐인 영등사리 썰물 때

음력 정월 그믐날 밤 구름 끼면 무영등이라
생전에 어머님이 영등 할메 점괘를 풀 듯
사붓이 내리는 봄비 겨울가뭄 적시네.

수문여

밀물에 잠그랐다 썰물에 드러났다
섬마을 간척공사 국도까지 뚫렸지만
그 옛날 재 너머 노딧길 신호등이 됐었지

모자반 뜯어다가 나물로 데쳐 먹고
이른 봄 영등사리 해삼은 뭉클한데
늦가을 그물 두르고 전어 잡는 똑딱선

똑딱! 똑딱! 전어 똑딱! 코콧 마다 걸려주소
장단 치는 물때 짚어 고래처럼 떠오르는
수문여 간이 등대 불빛 밤새도록 반짝이네.

빈 손 가을

한 여름 나뭇 그늘 잠깐도 때가 있어
못자리 그냥두면 빈 손 가을 어쩔랑가
늦은 봄 시집 장가들 모내기처럼 하소서.

못자리 그대로 둔 벼

결혼을 안하신분 가장이 되었는데
모르는 노처녀들 위안을 삼는구나
못자리 그대로 둔 벼 내년 식량 어이할꼬.

대번에 죄를 짓게 될

수확기 벼이삭이 싹을 트고 말았는데
농작물 보험사는 자연재해 아니란다
때 아닌 가을 장맛비 인공강우 였던가

쌀값은 이랑 없는데 농협은 너무 싸고
비축미 수매량은 몇 가마나 배정될지
차바가 쓸고 간 들녘 차라리 벼 베지 말까

농사꾼 쓰린 가슴 밤잠을 못 이루고
살에다 살을 보탠 쌀이란 말 곱씹으며
대번에 죄를 짓게 될 내년 식량 이 아니던가.

누구 없소

중복날 벼 이삭거름 걸음걸음 혼이 났다
고까짓 비료 반 포대 앵앵거린 살포기 매고
해질녘 반만 뿌리고 다음날로 미루었다

내일도 오늘처럼 폭염은 계속 되겠지
한밤중 듣는 빗소리 후회한들 무엇 하리
힘든걸 억지로 참고 시기 맞춰 뿌려줄걸

땡볕에 흘린 땀방울 구슬 맺힌 흰쌀농사
외국산 값싼 쌀이 물밀듯 밀려들어
열심히 지어놔 봤자 별 볼일 없는 손해란다

그래도 풍년드소서! 후년에도 드소서
농사꾼 바래는 마음 변함이 있으리까
무조건 지어놓고 볼 내년 식량 아니겠오

앞날이 어찌될 줄 지레 짐작하고서는
모두가 도회로 모여 발 빠르게 살았듯이
젊은날 시골 돌아와 농사지을 자 누구없소.

농사꾼 값은 없어도

도회지 살면 살수록 돈을 번 부자일수록
남의농사 더 잘돼야 더욱더 살기 좋은
농사꾼 값은 없어도 풍년들기 바라오.

긴 그물 배에 실어

긴-그물 배에 실어 잡을 준비 다해놓고
배추밭 물 주느라 투망 한번 못해봤네
살 오른 은빛 전어 떼 퍼덕이는 그 모습

쌀쌀한 아침저녁 이 가을이 다가기전
이른 새벽 그물 던져 똑딱똑딱 전어 똑딱
스믄여 한 바퀴 돌며 전어 떼를 좇으리.

전어 잡이

금가루 뿌려놓은
새벽바다에 투망하고

오동나무 방망이로
먼·동 두드리며

통통통
발동선 타고
전어 떼를 쫓는다

흰 연기 고리 동글동글
희망 내 뿜어 올리며
똑딱! 똑딱! 전어 똑딱!
코콧마다 걸려주소

휘몰이 장단 뱃전에
파르르 떠는 저 전녀들

전어야 고맙다 그리고 미안하다
오늘처럼 만선인 날 우리가 기분 좋고
빈 배로 돌아온 날은 운이 좋은 너희야.

굴

단오 날 썰물간조 채묘 틀에 걸었다가
백로가 사흘 뒤쯤 태풍은 없을 거라
아내랑 흰 줄을 펴고 굴 수하를 하였다

출수된 벼이삭 걱정 가을장마 끝낼려나
한여름 폭염처럼 늦더위가 심한 오후
전마선 흔들며 지난 낚싯배가 많구나

이놈들 취미 주제에 남의 생업 흔들어
아니야 월척을 낚아 추석차례 올릴 거란
굴이란 공달 든 구월 구정 때나 여물 테니.

하지가 지난 모내기

바빠요 어디한번 옛날세상 와 봤으면
새침데기 어린소녀 어느새 시집가고
하지가 지난 모내기 서둘 줄을 모르네.

한 살 더 떡국을 먹은

설날엔 흰 눈 날리는 찬바람이 제격이다
오동지 육섣달님 지난 밤 끝날 졌지만
한 살 더 떡국을 먹은 풍년 날씨 늘려볼까.

그 어디로 간단 말인가

떠난 적 없는 고향인데 그 어디로 간단 말인가
죽음을 글로 풀어 땅에 묻은 파종인데
고샅길 뙈밭 근처에 거긴 그리 먼 곳인가.

날씨

군님씨 댁 날씨라 그리 높여 부를만하다
콩 꽃필 때 여름 가뭄 어쩔거나 싶다가도
출수기 벼 이삭 팰 때 비바람 칠가 겁난다

비를 빌어 두 손 비빈 옛날 일만 여겼더니
첨단 문명 발달한 지금에도 어쩔 수 없네
예보는 말만 많았지 내린 비를 못 그쳐.

4부

태 묻은 갯마을

태 묻은 갯마을

이십 미터 됩니다 사립문 밖 남해바다
작은 전마선에 스프링통발 가득 싣고
흰 그물 자망하였다 고기 잡아 옵니다.

어쩌다 많이 잡히면 공판장 내다 팔고
불법단속 쫓아오는 벽력같은 저-경비선
왜-진작 쉽게 발부된 허가라도 받아둘 걸

사고팔긴 하더라도 신규로는 안 된다니
문전에 뛰는 고기 사먹어야 할 판이면
묻지요 태 묻은 갯마을 뿌리 내리고 사는 이씨

주인은 누굽니까? 어민이 아니라면
수협 조합원이면 허가 된 것 아닌가요
지금껏 갯마을 해변 떠난 적이 없는데

이십 미터 못 됩니다. 넘실대는 남해바다
갯뻘에 물 빠지면 아내랑 낙지잡고
달밤에 갯돌바지락 달팽이 춤 곱지요.

추석날 밤에

목서꽃 향기 섞인 선선한 바람결에
해금을 연주하는 갓난아기 울음소리
밝은 달 맑은 귓가에 흰 웃음이 번지네.

조상님 반달 묘전에

보름달 중심일까 그믐밤이 그러할까
떠나고 돌아오는 이 강물 건넨 뱃사공처럼
조상님 반달묘전에 뛰노는 손자 손녀들.

장모님

삼남 삼녀 자식들은 그런대로 살만하고
서울 간 큰 아들이 함께 모서 살자 해도
어엿한 내 집을 두고 어디 가서 산단 가

일찌기 혼자 몸으로 자식들 키우느라
새벽같이 일어나 농사일만 하시드니
오늘도 빈-밭에 나가 김매기를 하셨단다

시멘트 기와 삼간 허름한 농가주택
한 여름 밤 열대야에 문을 닫고 주무시니
내일은 모기장 발라 바람 통해 드립시다

이웃마을 시집간 회갑 넘은 큰 딸이
전자 밥솥 열어보고 식사는 잘하셨나
반드시 선풍기 끄고 주무시라 이릅니다.

치매 앓는 장모님이

치매 앓는 장모님이 훨씬 더 아름답다.
청문회장 증인들은 이런 분을 본받아라
집으로 돌아갈 생각 밭에 나가 일할향성

남들 다 그런다고 따라하는 자식들아
요양원 시설물이 아무리 잘 됐기로
풀숲에 새둥지 같은 내 집만큼 편할는지

딸네도 필요 없고 아들도 소용없다
노을 물든 헌옷가지 보따리를 싸들고
잠간만 잠든 사이에 사라지고 말았네.

장모님 요양원 보낸 날

죽도록 살았으면 온가족 부대끼며
재가 되면 모셔 오실 그럴듯한 돌집 짓고
장모님 요양원 보낸 날 겨울비가 내렸오.

이제는 다 돌아가신

외할머니 돌아가신 출상 날 눈 내렸다
중풍으로 반신불수 말 한마디 못하시고
시멘트 포대로 만든 돈 봉투 한 장 남기셨다

막내 외삼촌 전해달란 그렁그렁 눈망울
어머니 손 끌어당겨 가슴대고 눈 감으셨다
외삼촌 돈만 만지다 출상전날 떠났다

어릴 적 외사촌 형과 손맞잽이 자주 다툰
목사님 장례풍속 부딪힘이 있었을까
이제는 다 돌아가신 다시 한 번 뵙고 싶다.

은희는 결혼하여

금희는 미혼이더니 은희는 결혼하여
금-빛나려 하지 않은 은은한 은밭 고을
한 초롱 반딧불이 되어 고운 빛을 발하다

요즘은 결혼도 싫고 아이 낳길 원치 않는
시골 살이 피하면서 먹거린 좋은걸 찾는
이기를 화분에 길러 먹을 날이 올지 몰라

따라서 그리 살다간 그때가선 어쩔 건가
한 달이 짧은 다음 반드시 길어지듯
십년쯤 지난 다음에 참 잘했다 하리라

요가를 수련하여 부드러운 몸매란다
시냇물 흐르듯 유연한 속마음까지
훗날에 옳은 삶이었다 들먹이게 하소서.

세분(細芬)아

오면 가야하고 가면보고 싶어라
대전에서 고흥으로 고흥에서 대전까지
기압골 같은 그리움 포도송이 눈망울

세분(細芬)아 네 이름 닮은 소엽풍란 꽃향기
은은한 스물세 살 어른이 되었구나
아비는 등 다독이는 사랑가를 띄운다

소만제 바지라기 국물 맛 시원하고
영등 철 모자반에 해삼은 뭉클하다
어미사 환한 냉장고 달력 한 장 넘기네.

삼형제 나눠줄 생각에

어머님 할머니 되어 보행기 밀고 다니신다
비탈 밭 고추마늘 허새비처럼 가꾸시고
삼형제 나눠줄 생각에 힘든 줄을 모르실까

웃 학교 못 보냈다 두런두런 큰아들 걱정
제집 한 채 도회살림 그런대로 살건마는
늙은이 애리심 탓에 저승가면 잊을 랑가

둘째는 딸 하나 낳고 어쩌다 혼자되어
행여나 언짢은 마음 술 마시고 속상할가
올해도 흰 민들레 뿌리 즙을 짜서 보냈다네

막내란 어린 적부터 형들 틈 자란 터라
공부도 열심이더니 사장님 되었다며
햇볕 잘 말린 쌀 팔아 택배차를 불렀다오

이래저래 아픈 허리 보행기 밀고 천천히
쌀쌀한 초겨울 날씨 보건소 다녀오신
시골이 이리 늙은데 누가 빈집 매워 살까.

사돈

이기고 지는 관계 더욱이나 아니지만
왠지 모르게 술 한 잔 더 권하고
서로가 허릴 낮추며 격을 높여 말하네.

빈 독하나

생전에 어머님이 아끼시던 빈 독하나
창고를 허문다고 화단에 세웠더니
살피며 소피를 보는 아내랑 몰래 닮았네.

밀감 한 박스

받은 다음 보낸다면 정성은 소진될까
신부전 입원한 형이 밀감 한 박스 보내왔네
나는 야 언짢은 생각 보낸 적이 없구나

구좌를 물어보아 현금을 넣어줄까
봄 굴을 얼마쯤 따서 젓을 담아 보낼까
날마다 완쾌 하소서 빌어봄은 어떨까

아쉽다 젊었을 적 신발공장 사장님아
중국과 베트남에 진출까지 하고서도
당뇨랑 합병증으로 피를 걸러 지낸다니

누군들 병을 얻어 꼼짝없이 누웠다면
저-멀리 무심한 친구 서운키도 하련만은
형이사! 전보다 더욱 정이 넘쳐흐르네.

두 아들

좋은 직장 들어갔다 이웃들이 그랬는데
그런 이웃 떠나가고 아들 둘이 돌아왔네
차라리 잘됐다 싶은 사람농사 제일이라

어머닌 아니란다 아버지랑 또 달라서
누가 시골 시집오랴 결혼하고 돌아오라
등 떠민 시대의 궁합 맞추기가 어렵구나.

그대 노을

스물한 살 시집와서 뻘밭에 낙지잡고
농삿일 부지런히 이남이녀 잘 키웠으니
어느새 지난 사십년 어제일 만 같아라

한여름 간척답에 방동산이 피를 뽑고
밭에선 오리걸음 얼마나 또 걸었을까
지난일 주마등처럼 돌아보니 눈물 난다

인생은 들녘을 적시며 흘러가는 물이런 가
오른 적 없어도 내리막은 있더라
다리를 절며 일어선 눈이 침침하다네

지는 노을 고울수록 내일 날씨 맑다하고
맑은 마음 외곬으로 회갑 날을 맞았으니
자식들 훗날 바래는 그대 노을 너무 곱소.

손자 보러 가는 날

여수에 새둥지 같은 작은 아들 살고 있는데
마침내 새 며늘아이 새 생명을 낳았구나
오늘은 할미랑 함께 손자 보러 가는 날

손 귀한 우리 집안 가장 큰 경사로다
호사가 다마多魔 될까봐 일 톤 차 녹동에 두고
노을이 물드는 버-스 탑을 돌듯 돌아왔소.

사랑이 황토밭 같은

돌멩이 하나 없는 맨살 같은 황토밭
생전에 어머님이 결실 잘한 땅이라던
사랑이 황토밭 같은 며느리 하나 없을까.

늙은 농사꾼

월동 배추 삼만 포기를 둘이서 다 묶었다
십일월 중순쯤부터 양력섣달 초순까지
옹기 병 사열을 하듯 부동자세로 세웠다

여보! 미안하오. 늙어가는 이 나이에
농장 삼천 평을 뭣 하러 또 샀을까?
행여나 그런 말 맙시다. 소가 비빌 언덕이니

자식들 이남이녀 벌이도 시원찮고
퇴직하면 돌아와 대를 이어 함께 살자
행복은 맑은 가을날 보리종자 파종이라

인생의 보릿고개 이래저래 넘는다면
우리 부부 더 늙기 전 밑거름이 됩시다
죽으면 흙이 되얄 몸 아낀들 천년 살리요.

5부

저 혼자 마신 술 한 잔

저 혼자 마신 술 한 잔

값이야 있건 없건 추수도 끝이 났고
긴-가뭄 배추밭에 사분사분 비 내리는
저 혼자 마신 술 한 잔 옛날친구 그립다.

회를 떠 친구랑 함께

동짓날 기나긴 밤 세 겹 그물을 만들어
포근한 서무셋날 자망을 하였더니
푸드덕! 참숭어 떼가 끝도 없이 올라온다

웃음을 함께 퍼 담아 공판장에 내다팔고
아내는 이웃집에 인심을 썼다한다
회를 떠 친구랑 함께 술 한 잔 크~ 좋쿠나.

혼자 먹는 밥

따끈따끈한 당신의 노후 안녕 하십니까
정오쯤 소리치며 두부 차는 지나갔고
이웃집 가을마당에 우씨 자란 야생화

시 한 사발 떠서 보낸 며늘애기 기특하다
철거덕 소리치는 녹슨 철재 우편함
지금 막 따끈따끈한 냄새 맡는 중입니다

손자손녀 눈에 밟혀 쓰다듬듯 만져보고
오늘도 시골 집배원 다 저녁때 왔지만
괜찮아 늦어지거나 말거나 혼자 먹는 밥.

정육점 아주머니

정육점 아주머닌 눈에 띈 왼손잡이
단칼에 썩 썰어서 저울눈 살짝 감고
웃음 또 한 덩어리 더 정을 얹어 주시네.

장날보다 더 붐비는

장날보다 더 붐비는 해수욕 광장일세
텃밭보다 더 많은 알곡들 튀어나와
요란한 탈곡기 돌려 누가 걷어 가는지.

온 마을 이웃들이

재작년 까지만 해도 일 잘한다 서로 오라던
온 마을 이웃들이 치매 앓는 장모님께
텃밭에 마늘 몇 포기 뽑았다고 야단일세.

어떤 여행

촌지로 삽목하고 보폭으로 식목하여
서울 곳 언제가나 휴전선 지나서
동동동 발동선타고 불라디보스톡 갈가나

손발시린 시베리아 열차타고 관통하고
북해청소 늘 푸른 유럽 비행선타고 돌아내려
도보로 보스포러스 뚜벅뚜벅 걸어서

천천히 인도 중국 외몽고 티벳 돈황을
잘랐다 꽂았다 삽목장 만리장성
천리향 은은히 번져 막힌 코를 뚫어라.

어떤 관광

살아있는 사람의 비석을 세운다더니
으리으리한 문학관 둘러보고 나오려다
돌 시비 걸고 넘어져 일어설 줄 모르네

안에선 바깥보고 바깥에선 안보여
미친 듯 쿵작쿵작 춤을 추는 관광버스
선진지 견학이라는 띠를 두르고 지나간다

위하여! 소리치며 종이 술잔 부딪히고
우두커니 있으려니 그도 잘못 아닌가
박수친 이다음부터 묻어들지 마시오.

시간은 자정을 넘어

한낮엔 가을 가뭄 배추밭 물 뿌리고
야반에 달팽이를 천 마리쯤 잡고 나니
시간은 자정을 넘어 다음날이 되었네.

비 오는 날

비 오는 날 바지락 작업 열두 명이 나왔다
오십 명 부녀회원들 이렇게 많이 줄다니
한 물 때 십 만원 벌면 그래도 그게 어딘데

호미로 자갈 긁어 비닐 옷 비 떨어지는
소리 장단 맞추느라 아무런 말이 없네
육이오 연속극 촬영 중 전쟁포로 장면일까

한 대목 침묵을 깨고 웃어보자 싶어도
물웅덩이 뒤흔들어 바지락 씻는 소리
단팥빵 베지밀 한 봉지 받아들고 웃을래.

마지막 이웃

자물쇠 걸린 날은 그냥 가곤 하였는데
새벽같이 떠났을까 문이 열려있구나
큰 아들 서울서 내려와 모셔간다 했었지

마지막 이웃마저 빈집 되어 사라졌다
할머니 다리를 절며 외출이나 하시는지
소라끝 바지락 캐다가 씻는 소리 들리네

날이 가고 달이가면 잊혀 질까 하였지만
여덟채의 이웃들이 빙-둘러 살았노라
덜커덩! 찬바람 소리 겨울밤을 흔드네.

도덕은 지명처럼

도촌과 덕흥 마을 첫 글자 따서 만든
도덕은 지명처럼 먹거리 풍성하고
예들어 고개 숙이는 그 마음 넉넉하여라

간척 답 고소한 쌀 황토밭 굵은 마늘
노랑유자 주렁주렁 월동배추 푸른 뚝방
용동과 오마도 해변 겨울 낙지 별미더라

덩달아 자식농사 으뜸이라 하였기에
아쉬운 공부시켜 도시로만 보냈더니
귀먼듯 애기 울음소리 들어볼 수 없구나.

갯마을 연말총회는

갯마을 연말총회는 나라의 축소판일가
이장 직 이년 단임제 서너 번 지켜왔는데
현 이장 몇 년이고 더하란 노인 회장 외침을

마을이장 서로 하겠단 다툼을 없애고자
헌법처럼 정해놓고 스스로 위반한다면
단임제 지켰던 전이장이 의사발언 하였기로

너는 다신 이장 못해 제돈 한 푼 쓰지 않고
큰 사업 못 끌어온 자격 없는 주제에
참석자 서른 명 보고된 마을주민 앞에서

큰소리 외치면서 폭언을 하였기로
내가 이장 하고 싶단 말 한마디 한적 없는
아무런 잘못도 없이 이런 봉변을 당하다니

전 이장 집에 와서 아내도 들었단다
밤새도록 뒤척이며 잠을 이루지 못한 밤
속울음 인고의 산통 시 한편을 낳았네.

갯마을 살림 살리는

어제 내린 겨울비 오늘은 봄날 같소
전마선 바다에 띄워 세겹 그물 자망하면
숭어도 푸덕일 테고 굴도 따야 할 텐데

듣고도 못 들은 척 귓등으로 흘려보낸
백내장 수술 다음 찬바람 조심 하랬오
꾹 참고 동짓달 지난 섣달에나 그럽시다

며칠 더 늦춘다고 손해는 없을 것이
사료도 주지 않고 거름을 아니해도
날마다 자라는 어장 급할 것이 없지 않소

한겨울 추운 날씨 하늬바람 쌩쌩 불다
한 사날 지난다음 며칠 또 풀릴 테니
설 대목 내다가 팔면 값은 아니 더 좋겠소

핑계처럼 들리지만 사실로 그런지라
마주보고 웃으면서 그냥가곤 하는 것은
갯마을 살림 살리는 부부란 다 그렇다오.

갯마을 산 몰랑에

마침내 꿈틀대며 날아오른 용 같구나
덤덤한 무덤 때문에 길을 내지 못하고
솔차니 옥신각신 끝 냉가슴 뻥! 뚫렸네

지나간 어려움은 큰 기쁨 마중물일까
서창을 가로질러 벽에 걸린 거금대교
해넘이 남해바다가 사진으로 멈추었네

갯마을 산몰랑에 택도없는 집 짓는다
사람들 수군대고 고개 갸웃 하던 만은
완공된 터 잘 잡았다 놀라는 표정들 일세

주인은 누구 일꼬 꽹과리 소리 그치고
이마에 흐른 땀을 부부 서로 닦아주며
해묵은 소나무정자 잠긴 달 꽃차 드실 이.

바둑알 두 눈을 내듯

농사지을 땅에다 태양광은 안합니다.
사백년 선산자리 농장을 일궜는데
편한 돈 벌어 보라는 사업자들 말입니다.

삼동에 바람 친 날 안방처럼 아늑하고
좌우편 산 능선 뻗어 내린 가는 골
저-멀리 남해바다가 한눈에 들어옵니다.

지하수 넉넉하여 물 시설 다 갖춰놓고
그래도 먹거리는 땅에서 나얄터이니
바둑알 두 눈을 내듯 가족 농으로 살겠소.

새끼를 꼬며

다듬이 소리 그친 밤 새끼줄을 꼽니다
적은 날 짚을 대고 정성껏 두 손 비벼
새끼줄 고루 나오는 원리래야 단순하죠

시골과 도회라는 두 날을 비비꼬아
민족의 역사라는 새끼줄 사릴라치면
알맞게 사람 사람들 옮겨 삶이 옳지요.

소처럼 멍에를 메워 이라 저랴 못하지만
시골을 이리 비우고 혼자 도시 잘되겠오
젊은 날 새 짚을 대어 옮겨 살 생각 없나요.

흙과 바다와 나누는 소박한 대화

남 선 현 시인

1

달빛에 젖어 파도가 뱃머리에 부딪혀 철석 이는 소리가 울음 울 듯 흐느끼는 밤, 헛기침 소리와 노부부의 잠꼬대만이 갯마을 고요를 깨우고 있노라면 초저녁잠에 취했다 깨어 뒤척이다 말고 눈비비고 일어나 일상을 정리하는 이광호 시인의 시집 『담아 두고 싶어서』에 녹아있는 이면의 시 세계는 자연주의, 존재, 노동, 가족애 등이 내재돼 끊임없는 자아실현과 관계설정의 불화를 융화시키기 위한 몸부림으로 스며들어 시인으로서 만족할 수 없는 관계속의 언어들을 과감 없이 표현하는 진솔함의 색채로 지역의 산물처럼 타협할수 없는 숭고한 절대적 가치로 와 닿고 있다.

월동 배추 삼만 포기를 둘이서 다 묶었다
십일월 중순쯤부터 양력섣달 초순까지
옹기 병 사열을 하듯 부동자세로 세웠다

여보! 미안하오. 늙어가는 이 나이에
농장 삼천 평을 뭣 하러 또 샀을까?
행여나 그런 말 맙시다. 소가 비빌 언덕이니

자식들 이남이녀 벌이도 시원찮고
퇴직하면 돌아와 대를 이어 함께 살자
행복은 맑은 가을날 보리종자 파종이라

인생의 보릿고개 이래저래 넘는다면
우리 부부 더 늙기 전 밑거름이 됩시다
죽으면 흙이 되얄 몸 아낀들 천년 살리오.

- 「늙은 농사꾼」 전문

자식들에 대한 애잔함 노동의 고달픔을 한편의
시에 담아 표현 하고자 하는 담대함은 스스로를
다독이는 치유방법으로, 일상이 담긴 과정 속에
가족에 대한 배려와 사랑 감출 수 없는 절박함이
시편에 흐르고 어쩜 그렇게 갯마을의 하루가 시
작되어 저물고 있지 않을까, 힘든 농사일로 인해
느끼는 아내에 대한 미안함이 구석구석 털리는
흙먼지를 바라보며, 죽어서 흙으로 돌아가 먼지처
럼 날릴 육체적 피로를 잊고자 자기최면을 걸고
있다. 하지만 자연은 아쉬움만 남기며 시인을 애
달프게 하고 있나 보다 이내 누구 없냐고 소리치
는걸 보니.

중복날 벼 이삭거름 걸음걸음 혼이 났다
고까짓 비료 반 포대 앵앵거린 살포기 매고
해질녁 반만 뿌리고 다음날로 미루었다

내일도 오늘처럼 폭염은 계속 되겠지
한밤중 듣는 빗소리 후회한들 무엇 하리
힘든걸 억지로 참고 시기 맞춰 뿌려줄걸

땡볕에 흘린 땀방울 구슬 맺힌 흰쌀농사
외국산 값싼 쌀이 물밀듯 밀려들어
열심히 지어놔 봤자 별 볼일 없는 손해란다

그래도 풍년드소서! 후년에도 드소서
농사꾼 바래는 마음 변함이 있으리까
무조건 지어놓고 볼 내년 식량 아니겠오

앞날이 어찌될 줄 지레 짐작하고서는
모두가 도회로 모여 발 빠르게 살았듯이
젊은 날 시골 돌아와 농사지을 자 누구없소

- 「누구 없소」 전문

한 집 건너 한 집 비어가는 농촌의 현실 시인
의 집주변은 도회지로 떠나버린 주인 잃은 빈집
들이 스산하기 까지 하다 보니, 뭐가 문제인가 농
산물 가격은 폭락해 적자가 누적되어 계산할 수
없는 현실을 감당할 젊은이들은 떠나고 노령화로
피폐화 되어가는 농촌의 기막힘이 시인의 눈에는

안타까워, 생활의 근간인 1차 산업의 당위성을 외치고 있지만 이면에는 답답함이 숨어있다. 흙은 거짓이 없으니 수확의 기쁨도 만끽하며, 최소한 굶지는 않는다는 자연에 대한 신뢰와 도회지에서 배회하며, 구걸하는 TV에 비친 노숙자들과 모순된 정책을 행하는 위정자들에게, 지르는 일갈은 아닐지 시인의 가슴이 확 트여 크게 웃을 날 언제나 될까, 소소한 생활 밀착형 일상 언어가 풀섶에 내려앉아 속삭이듯 던지는 간절함에 귀 기울어야 할 때이다. 그래서 용기 있게 찾아온 갯마을에도 젊은 힘이 넘치고 팔뚝에 맺힌 굵은 땀방울 구르는 소리가 들려 오고 아이 웃음이 담 밖으로 넘치는 그런 날을 바래본다.

그래서들 떠나려느냐 떠난 이들 떠나가느냐
멀리서 바라나뵈올 그리움을 알려고 들

아 가슴 하여
탁! 터진
오오! 남해여! 남해여!

나는 왜? 좁은 마음 순수하지 못하여
바다에서 뚜욱 뚝 솟는 해 물방울을
해초나 말리려들어
풍경으론 앞 못 보아

푸른 물 굽 넘나들며 모래톱을 어우르며
그대 이마 쓰린 손톱 화투놀이 장난치듯
백파가 퉁김 질하는
섬 자랑을 몰랐어라.

그래서들 떠났을까? 떠난 이들 떠나갔을까?
지금쯤 멀리서 뵈올 그림 풍경에 살려고 들

아 가슴 하면
툭! 터질
오오! 남해여! 남해여!

- 「남해여! 남해여」 전문

　도로 건너 물결 출렁이는 바닷가에서 소리치는 시인의 애잔한 정신은 늘 허전하고 아쉬웠으리라, 정든 고향을 가슴에 묻고 떠나가는 출향민의 그리움에는 한적한 남해의 푸른 물굽이 친구가 되고 대화 상대가 되어 있는 이렇게 아름다운 풍광을 반짝이는 빛의 오묘함이 감성을 자극해 혼자 보기에 아까운 현실을, 잊고 살고 있지 않나 하고 묻고 또 되묻고 있지만 대답은 허공만 가르고 있다. 아니 지나는 갈매기에 실어 보내 버린 지도 모르겠다. 이렇듯 반복된 언어의 미학을 도식화시켜놓고 획일화된 행위를 현대인들에게 반문하고 있다. 느긋함 여유와 다양성 눈으로 볼 수 없는 생태적 가치를 되돌아 볼 수 있도록 시인의 목소리로 소곤 되는 것이다.

　저- 바다 같이 너른 들녘머리 푸르고 푸른 벼 포기들을
　그 한 모퉁이에 담긴 조그맣고 조그만 초가 동네 좁은
방 안에
　퐁당 든 작은 몇 사람들이 다 심고도 남는다니

　아무리 모를 일이야 평화스런 지평은 비밀

　저 - 하늘만큼 너른 들판 너머 누렇게 일렁이는 황금물결을
　그 한 모퉁이에 잠긴 조그맣고 조그만 초가 동네 좁은
방 안에
　퐁당 든 작은 몇 사람들이 다 거두고도 부족하다니

- 「지평은 비밀」 전문

2

　시인의 삶터 오마도는 [신홍 (괴발도), 분매(볼무점), 오마(본도), 은전(움박굼이)]을 합한 리 단위 섬이었다. 간척사업은 1962년 군의관 출신 조창원 소록도병원장의 주도로 원생들의 사회복귀와 자활정착을 돕기 위한 국책사업이었다. 북쪽 봉암반도와 풍양반도의 한가운데 떠있는 무인도 와

오마도를 연결하는 3개 방조제를 만들고 안쪽바다를 메워 소록도 2배 넓이인 300여 만 평의 농토를 조성 5만석의 양곡 생산으로 음성 치유 자들의 생활 터전인 농지를 만들고. 음성 환자와 일반 영세 농가를 각각 1500세대씩 입주 시킨다는 계획이었다. 한센인 들은 맨주먹으로 돌멩이를 날라 메우는 작업을 했다. 내가 살 땅 내가 만든다는 꿈이 영그는 일이다. 숱한 어려움과 고생을 참았는데 2년여에 걸친 투석작업으로 물막이 공정의 80~90%가 끝났을 무렵 한센인 들은 피와 땀의 보람도 없이 희망의 일터에서 물러가야 하는 아픔을 겪게 된 것이다. 당시 총선거를 의식한 군사정부가 나환자들과 함께 육지에서 살수 없다며 간척사업을 반대해오던 주민들의 민원에 굴복하여 나환자들을 쫓아내고 사업주체를 오마도 개척단에서 전라남도 관장 하에 한국정착사업개발흥업회로 넘기게 한 것이다. 토지 분배권 또한 도 당국이 갖게 되면서, 원생들은 간척지와 관련된 모든 권리를 빼앗기고, 공사 후반기의 체불 임금도 함께 날아갔다. 원생들이 공화당 고흥지구당 위원장에게 청원서를 보냈지만 아무 소용도 없었으며, 1989년 일반주민들에게 분배되었다.

이곳은 1976년 발표된 이청준의 장편소설 「당

신들의 천국」 배경으로 병원장과 환자, 육지 사람들과의 갈등의 주 무대 이기도 하다. 이렇듯이 시인의 터전 은전마을은 움박굼이 라는 작은 섬이었으나 한센인 들의 정착지로 오마간척사업이 조성되면서 육지가 된 곳이다. 마을 앞에는 백사장과 바다로 어우러져 고즈넉함이 평화롭게 피어나지만 이면에 남아있는 슬픔을 바라보고 있노라면 한센인 들의 아우성이 스산한 바람에 스치는 것 같다. 대부분 마을 주민들은 시인과 같이 조상대대로 소규모 농어업에 종사하며 함께 나누고 가꾸며 생활하는 갯마을 사람들로 소박한 모습이다. 시인은 이곳에서 군 생활 3년을 제외한 70평생 흙과 개펄과 한줌의 바람과 세월을 먹고 나누며 시편에 담아내고 있다. 시인과의 인연은 13년 전 고흥작가회를 만들어 지역문인들과 교류하면서 부터이다. 시인은 끊임없이 한글모양에 대한 나름의 생각을 작품으로 승화하며 「ㄱ 에 대하여」란 개인 작품집을 출간하였으며 가람 이병기 시인의 작품세계를 동경하며 땀의 결실에 자연의 순리와 생활의 편리들을 부부애로 곰삭이며 맛의 진미를 곱씹고 있는 것은 아닌가 싶다. 이에 시인의 작품에 자연이 내어 주는 무한한 풍요와 게걸스런 환희 보다 소소한 일상에 묻어있는 절절함과 처절

함이 굳은살과 굽은 허리만큼 쌓이고 있지 않나
싶기 도하기에 되새겨 보기로 한다.

　이십 미터 됩니다 사립문 밖 남해바다
　작은 전마선에 스프링통발 가득 싣고
　흰 그물 자망하였다 고기 잡아 옵니다.

　어쩌다 많이 잡히면 공판장 내다 팔고
　불법단속 쫓아오는 벽력같은 저-경비선
　왜-진작 쉽게 발부된 허가라도 받아둘 걸

　사고팔긴 하더라도 신규로는 안 된다니
　문전에 뛰는 고기 사먹어야 할 판이면
　묻지요 태 묻은 갯마을 뿌리 내리고 사는 이씨

　주인은 누굽니까? 어민이 아니라면
　수협 조합원이면 허가 된 것 아닌가요
　지금껏 갯마을 해변 떠난 적이 없는데

　이십 미터 못 됩니다. 넘실대는 남해바다
　갯뻘에 물 빠지면 아내랑 낙지잡고
　달밤에 갯돌바지락 달팽이 춤 곱지요

　　　　　　　　　　　　　- 「태 묻은 갯마을」 전문

　조상이 남긴 땅과 바다에 기대어 평생 일구며
살아온 화자를 불법 조업자라고 규제와 억압 한
다면 어디에 의지하며 살아가야 하는지 묻고 있

다. 마늘 값은 작년 비해 반값으로 폭락해서 팔리지 않고, 뭘 가지고 생활 하란 말인가 큰 중선배도 아니고 통통 배에 통발 놓고, 낙지 잡고 바지락 캐서 생활하는 것이 불법 이라면 왜 하고 묻지 않을 수 없다. 물론 제때에 허가를 취득 못한 잘못도 있지만 오래전부터 이렇게 살아온 어부에게는 방법을 찾아 드려야 하지 않을까, 갯마을 생활에서 느껴지는 애잔함이 시 전반에 깃들어 안타까움이 흐르고 규제로 인해 고향을 떠나고 농어촌의 피폐화가 가속되는 것은 아닌지 관계자들의 세심한 배려와 양성화를 요구하는 외침일 것이다.

밀물에 잠그랐다 썰물에 드러났다
섬마을 간척공사 국도까지 뚫렸지만
그 옛날 재 너머 노딧길 신호등이 됐었지

모자반 뜯어다가 나물로 데쳐 먹고
이른 봄 영등사리 해삼은 뭉클한데
늦가을 그물 두르고 전어 잡는 똑딱선

똑딱! 똑딱! 전어 똑딱! 코콧 마다 걸려주소
장단 치는 물때 짚어 고래처럼 떠오르는
수믄여 간이 등대 불빛 밤새도록 반짝이네

- 「수믄여」 전문

3

시인의 시는 곧 생활의 파편이고 전부이다. 한낱 보잘 것 없는 바위가 바닷물에 들락날락하는 모습에 옛 기억을 떠올리며 본질을 찾아내고 어릴 때부터 늘 그 자리에 있는 모습은 자연에 순응하여 살아온 작은 바닷가 마을의 풍경이며, 바다와 논과 밭을 오가며 느껴지는 사물에 대해 과거와 미래를 그려 보기도 하고, 부부의 땀과 피가 어우러진 터전으로 존재하고 있으니 이 또한 시가 가정의 평화를 지키는 힘이 되고 있지 않나 싶기도 하다. 시인은 일상적인 생활의 조각들을 시로 승화해내며 심미적 표현에 익숙하지 못한, 평범함을 시편으로 엮으며 무미건조 할 수 있는 노동 의 끝에서 언어를 찾고 있는 생활의 힘겨움을 훌훌 털어내며, 정신을 깨우고 있다는 생각이 든다.

시인의 시편들을 접하다 보니 문득 프랑시스 잠의 일대기가 생각나서 이곳에 옮겨본다. 「은유, 순박, 겸손의 상징인 나귀를 사랑하고 자주 타고 다녔다는 프랑시스 잠Francis Jammes(1868-1938)은 일생을 남프랑스의 피레네 산록에서 살면서 자연과 동물과 농민과 신을 노래한 자연 시인이다.

그는 스페인과 프랑스의 접경인 오트피레네의 투르네에서 태어나 오르테즈 라는 작은 고을에 정착하여 어머니와 함께 살았다.

23세 때 두 편의 단행 시집을 인쇄하여 파리의 여러 시인들에게 보냈는데, 이는 말라르메의 찬사를 얻었고 앙드레 지드의 권고와 도움으로 출판되었다.

그러나 시인의 개성이 뚜렷이 나타나고 훌륭한 시인으로서의 위치를 굳히게 된 것은 그가 제1의 시집 〈새벽 기도 종부터 저녁 기도 종까지〉와 제2의 시집 〈앵초의 상〉을 출간한 이후다. 이 책들의 출현은 새로운 시와 시인의 탄생을 고하는 것이었다.

형이상학적 사고로 신비적이고 난삽한 표현을 일삼던 상징주의 말기의 시에 대해 그의 시는 프랑스 시의 청순하고 소박함을 회복시키는 계기가 되었다. 그는 시 속에 눈으로 보고 가슴으로 느끼고 머리에 떠오르는 진실을 단순 하고 소박하게 그리고 천진스럽고 따스한 마음으로 표현했다.

실제로 이 시기를 전후하여 소위 잠 주의라는 문학 운동이 일기까지 했다. 이는 당시 문학의 주류를 이루던 현학적이며 기교적이며 지나치게 지성적인 시가에 대해 단순하고 자연스럽고 평 이

한 시를 주장한 것으로 문학상의 일종의 자연주의였다.

잠의 순진하고 단순한 시와 그의 민중적인 주장은 당시의 너무나 고답적이며 애매하고 난해한 시에 불만과 혐오를 느끼던 독자와 세대에게는 마치 청순한 샘물과 같아 앞을 다투어 그의 시와 글에 목을 축였으며 오르테즈 마을에 은거하는 이 자연 시인에게 경이와 찬탄을 보냈다.

이리하여 잠은 1919년 '기독교 농사시'를 발표하여 계절에 따라 변하는 자연 가운데 대지는 종교적인 가치와 그들의 생활이 가지는 신비로운 뜻을 소박하고 단순한 아름다움으로 표현했다. 르네 랄루가 그를 가리켜 '우아의 시인이며 은총의 시인'이라고 한 것은 잠이 자연을 사랑하는 시인으로부터 종교적인 세계에 이르렀다는 것을 말한다.

시인은 차츰 늙어갔다. 50을 넘자 그의 머리와 가슴까지 내려오는 수염은 눈같이 희어졌다. 사람들은 그를 가리켜 '오르테즈의 백조'라고 했다. 1921년 그가 고향을 떠나 아스파랑으로 이주하자 이곳 사람들은 그를 '아스파랑의 양'이라고 했다. 그는 몇 권의 종교적 시집과 철학적인 〈4행 시집〉 및 몇 편의 소설도 썼다. 클로델은 그의 〈4행 시집〉을 잠의 최고 걸작이라고 했다. 70년의

생을 피레네 산록에서 자연과 가축들과 소박한 시골 사람들과 어울려 살며 명상과 신앙과 시작으로 지낸 시인이었다. 편협 하지 않고 자연을 닮은 시인의 생활에서 프랑시스 잠을 떠올린 것은 이광호 시인의 시적 감성과 언어적 표현이 잠을 닮았기 때문이다.

담아두고 싶어서 정든 집 돌담 둘러
대문을 달지 않고 하얗도록 기다렸소
모르고 왔다 간 줄을 놓지 않고 살겠소.

- 「담아 두고 싶어서」 전문

4

시조의 기본형인 '3·4·4·4, 3·4·4·4, 3·5·4·3'의 경우 각 장을 15자 이내로 제한하고 있는 데 반해, 가람 이병기 시인은 창작의 유일한 도구인 언어에 대한 제약에서 벗어나고자 했다. 따라서 「시조를 혁신하자」에서 가람은 고시조의 답습 상태에 머물던 당시 시조에 현대적인 내용과 형식을 입혀주고자 했다. 신시와 자유시 등이 등장하면서 우리 고유의 시가 장르가 낡고

진부한 것으로 치부되던 시기에 시조가 살아남기 위해서는 혁신적으로 변화하지 않으면 안 된다는 것을 깨닫고 있었기 때문이다. 그리하여 생활에서 우러나오는 감정과 생생하고도 진솔한 표현, 고시조의 진부한 용어에서 탈피하여 일상어 사용뿐만 아니라 새로운 시어의 개척, 창에서 분리된 시조의 새로운 율조와 쓰는 법, 읽는 법의 변화를 가져올 것 등을 주장했던 것이다. 이에 이광호 시인은 가람의 시조의 혁신에 반한 율조를 지키려 의식하며 시편을 만들었다는 아쉬운 생각이 든다. 생활의 단조로움 일수 있겠지만 통상적 언어선택이 다양한 묘사와 내밀한 구성력으로 다가온다면 더 많은 울림으로 함께 나눌 수 있는 기회를 제공하리라 생각이 든다. 나이 들며 천착되는 사물에 대한 모든 걸, 오감과 정신의 깊이에 담아두고 싶어서 마음을 열어 세상 향에 두 팔 벌리고, 가슴에 담고자 하는 부드러운 외침은, 고희古稀 맞으신 시인의 바람이고, 농어촌 실태에 대한 외로움이며, 차곡차곡 간직하고자 표현하는 소슬 거린 평온의 상징 같은 과정으로 새겨 두고자 한다.

　　정육점 아주머닌 눈에 띈 왼손잡이
　　단칼에 썩 썰어서 저울눈 살짝 감고
　　웃음 또 한 덩어리 더 정을 얹어 주시네
　　　　　　　　　　　　－「정육점 아주머니」 전문

장날보다 더 붐비는 해수욕 광장일세
텃밭보다 더 많은 알곡들 튀어나와
요란한 탈곡기 돌려 누가 걷어 가는지

- 「장날보다 더 붐비는」 전문

  고단한 농어촌에서 힘든 일을 할 때는 정육점
을 찾거나 어물전을 찾아 이것저것 사가지고 와
서 푸짐한 먹을거리로 밥상을 차려 놓아야 그날
의 피로가 풀리기에 가끔 이렇게 시장을 찾아 넉
살좋은 상인들의 입담을 듣고 인사 나누다 보면
뚝뚝 묻어나는 정겨운 풍경이 정육점 아주머니
웃음 한 덩어리에 담겨져 머리를 개운하게 한다.
때론 찾아오는 관광객들의 낯선 말투가 와자지껄
하게 느껴지며, 고요한 갯마을 시끄럽게 울리는
탈곡기 보다 더 웅성거리는 번잡한 여름 바닷가
의 널브러짐이, 함께 나누는 소통의 장소이며 생
활의 활력이 넘쳐나는 곳이기도 하다. 일상을 나
누는 장날과 휴가를 즐기는 해수욕장에서, 농부로
서 느끼는 소중한 기억들 무리속의 알곡이고 싶
은데 생산자의 조심성과 판매자의 붙임성이 서로
의 역할이며, 순리란 것을 보는 시각에 따라 다각
면체로 스며든다. 한적함도 번잡함도 생각의 척도
에 따라 다른 모습으로 그려지기에, 시인은 언제

나 느낌이 다른 장터와 흙길을 걷고 있다.

둘이나 올라온 욕심 모음하나 지우란 듯
첫 열매 따고나니 줄기마른 옥수수
행여나 꾹 눌러보고 고개절로 숙이네

오천 평 로타리 쳐 오만 열매 다 거두고
처서가 어제라며 월동배추 종자 넣고
올여름 계약을 못한 걱정부터 앞서네

후년에 작목을 바꿔 무엇을 심을랑가
아들아 말 계산 말고 모음하나 지우거라
욕에서 하날 지우면 옥이 되니 말이다

이왕지사 돌아와 농사꾼 되었기로
발로 쓴 저-들녘 시한 편을 읽어보아
삶이란 알 미음 먹고 옳탄 말 뜻 행하란다

                            - 「올여름 계약을 못한」 전문

5

　시인은 20여년의 세월을 한글모양에 관한 생각
으로 시대변화와 함께 끝없이 진화된 자모음의
뜻을 찾아 세상에 던져놓고 합리적 가치를 부여
하고 있다. 물론 이런 생각들이나 표기는 철저한

주관적 기준임을 시인도 알고 있지만, 한편으로 시적 표현이 생활언어와는 무관한 순수 창작어 또는 토속어로 인정 하듯이 흔히 사용되는 표준어도 아닌 철자법도 무시된 언어의 주술일수도 있지만, 시인은 논리력을 갖추기 위한 일련의 작업들을 논과 밭 그리고 바다 어느 곳이든 일을 하며 지혜롭게 얻어내고 있다. 어쩜 인생을 살찌우는 시인 혼자만의 방법이 되어 버린 것인지도 모르겠다. 그러하기에 언어학에 대한 기술은 이쯤에서 멈추려 한다. 지금은 시적 감성을 깨워 보다 편안하게 시의 세계를 이해 할 수 있도록 생각해 보는 시간이기 때문이다.

갯마을 연말총회는 나라의 축소판일가
이장 직 이년 단임제 서너 번 지켜왔는데
현 이장 몇 년이고 더하란 노인 회장 외침을

마을이장 서로 하겠단 다툼을 없애고자
헌법처럼 정해놓고 스스로 위반한다면
단임제 지켰던 전이장이 의사발언 하였기로

너는 다신 이장 못해 제돈 한 푼 쓰지 않고
큰 사업 못 끌어온 자격 없는 주제에
참석자 서른 명 보고된 마을주민 앞에서

큰소리 외치면서 폭언을 하였기로

내가 이장 하고 싶단 말 한마디 한적 없는
아무런 잘못도 없이 이런 봉변을 당하다니

전 이장 집에 와서 아내도 들었단다
밤새도록 뒤척이며 잠을 이루지 못한 밤
속울음 인고의 산통 시 한편을 낳았네.

- 「갯마을 연말총회는」 전문

농사지을 땅에다 태양광은 안합니다.
사백년 선산자리 농장을 일궜는데
편한 돈 벌어 보라는 사업자들 말입니다.

삼동에 바람 친 날 안방처럼 아늑하고
좌우편 산 능선 뻗어 내린 가는 골
저-멀리 남해바다가 한눈에 들어옵니다.

지하수 넉넉하여 물 시설 다 갖춰놓고
그래도 먹거리는 땅에서 나얄터이니
바둑알 두 눈을 내듯 가족 농으로 살겠소

- 「바둑알 두 눈을 내듯」 전문

버리고 내려놓아야할 기득권층의 불합리한 생각들이 뿌리 깊어, 이기와 탐욕에 맞서는 것을 두려워하며 잘못을 긍정하는 몰지각한 행동에 동참하는 것이 다수의 현실 적응하는 세상일일 것이다. 협의 보다 일방적 작태와 전횡으로 마을구성

원의 옳은 선택을 방해 하고 다수보다 개인의 횡포로 공정함을 잃어가는 것이 곧 적폐일 텐데 어찌하여 원칙을 얘기한 자만이 잠을 이룰 수 없는 것인가. 모두가 모인자리에서 호통치고 원칙을 무시한 행위는 마땅히 비난 받아야 하는데 어찌된 일인지 이런 인간의 행위를 방관하고 있다. 말과 행동에 상처 입고 잠 못 이루는 아픔을 나누는 것은, 밝은 세상을 꿈꾸는 인간의 행위일 것이다. 그러하기에 무릇 시인은 생각하는 사람이다. 생각하는 생활로서 시를 창조해 내는 것이다. 편리함이나 필요이상의 대가도 아닌 순수한 자연의 순리에 따라 농사짓고 바다에 나가 자연이 내어준 해조류와 고기를 잡아 생활 하는 것을 소망하는 것이다. 본래 고대 사회에서의 시는 즉흥적인 것이 대부분이었다. 그것은 원시적인 것이라기보다 오히려 영감적인 초자연주의 문학이었다라고 할 수 있는 것이다. 즉흥적 영감 시는 일부러 멋을 부리기 위해 가식적이거나 장식을 가미한 꾸밈의 시가 아니다. 아주 솔직하고 소박한 감정 이입이 된 그런 자연적인 진실성의 시인 것이다.

오르페우스 신화에 따르면 시인은 지옥의 괴물들을 순화시키는 힘을 가지고 있다고 한다 하지만 이것은 어디까지나 전설일 뿐이고 시라는 것이 정말 그런 기적적인 힘을 가지고자 함은 책무를 다하는 것이다.

글쓰기라는 것이 본질적으로 뼈를 깎는 행위이며 따라서 스스로에게서 오는 좌절감을 비롯한 다양한 방해요소로부터 끝없이 도전을 받으면서도 꿋꿋하게 견뎌가며 지속해야 하는 행위인 만큼 책임과 의무의 개념은 어떻게 보면 글쓰기라는 행위에 본래 내재하는 것으로 볼 수 있다.

시인의 의무는 언어에 대한 의무이다. 시인은 정성스럽고 섬세하고 특별한 시선으로 언어를 대하는 작가이다. 각 낱말의 의미를 치밀하게 되새겨 보는 사람, 그러나 각 단어들의 사전적 정의에만 만족하지 않고 그 잠재적 의미들을 파악할 줄 아는 사람 스스로의 잠재력을 바탕으로 언어에 스스로를 비춰 보며, 언어를 재배치하는 사람 언어가 가지고 있는 화려한 기억 들을 인식하고 있는 사람이다. 언어의 적확성과 언어의 창조능력을 감지하는 사람이며 그것은 시인이 인류의 비인간적인면까지 우리의 내면을 충족시키는 것들 뿐아니라 우리 안에 공허함을 만드는 것까지 모두 포용하여 인류의 영혼을 감시하는 책임을 가지고 있다는 의미일 것이다.

불평과 찬사의 공간을 마련하는 것도 시인의

몫이요 가치와 감성의 언어를 구가하는 것도 시인의 몫이다. 숫자에 맞서 격조를 억측에 맞서고 운율을 기계음과 소음에 맞서 리듬을 살려내기 위해 저항하는 것도 시인의 몫이다. 존재 안에서 혹은 존재를 통해서 일정한 품위를 구가하는 것 고차원적 의미에서 존재와 환경이 일관성과 일체성을 이루도록 하는 것도 시인의 의무이다. 인류 역사를 통하여 인간정신을 성숙되게 하기 보다는 분리시키고 멀어지게만 해온 사람들 사이에 견결점을 찾아주는 것도 시인의 몫이다. 관찰의 의무 성찰의 의무 깨달음의 의무 관심의 의무 특수한 시선의 의무 등 시인의 의무 중 상당부분은 결국 시인의 시선에 관한 것이다.

일차적으로 시인은 자신의 시선에 대해 책임이 있으며 자신의 시선을 펜으로 옮기는 것 자신의 생각을 문장으로 담아내는 것도 시인의 책임이다. 시인이 선견지명이 있는 사람이건, 아니건 예언자건, 단순한 목격자이건, 시인은 자신의 시야 안에 육안으로 보이는 것과 보이지 않는 것을 모두 포괄해야 한다. 따라서 이광호 시인은 오늘도 은전마을 집 앞 바닷가 아니면 뒤꼍 논이나 밭에서 시어를 찾아 땀이 밴 옷깃을 여미고 있을 것이다.